记住乡愁

——留给孩子们的中国民俗文化

刘魁立◎主编

第六辑 口头传统辑（二）

民间笑话

王旭 李强◎编著

本辑主编 杨利慧

黑龙江少年儿童出版社

序

　　亲爱的小读者们，身为中国人，你们了解中华民族的民俗文化吗？如果有所了解的话，你们又了解多少呢？

　　或许，你们认为熟知那些过去的事情是大人们的事，我们小孩儿不容易弄懂，也没必要弄懂那些事情。

　　其实，传统民俗文化的内涵极为丰富，它既不神秘也不深奥，与每个人的关系十分密切，它随时随地围绕在我们身边，贯穿于整个人生的每一天。

　　中华民族有很多传统节日，每逢节日都有一些传统民俗文化活动，比如端午节吃粽子，听大人们讲屈原为国为民愤投汨罗江的故事；八月中秋望着圆圆的明月，遐想嫦娥奔月、吴刚伐桂的传说，等等。

　　我国是一个统一的多民族国家，有 56 个民族，每个民族都有丰富多彩的文化和风俗习惯，这些不同民族的民俗文化共同构筑了中国民俗文化。或许你们听说过藏族长篇史诗《格萨尔王传》

中格萨尔王的英雄气概、蒙古族智慧的化身——巴拉根仓的机智与诙谐、维吾尔族世界闻名的智者——阿凡提的睿智与幽默、壮族歌仙刘三姐的聪慧机敏与歌如泉涌……如果这些你们都有所了解，那就说明你们已经走进了中华民族传统民俗文化的王国。

你们也许看过京剧、木偶戏、皮影戏，看过踩高跷、耍龙灯，欣赏过威风锣鼓，这些都是我们中华民族为世界贡献的艺术珍品。你们或许也欣赏过中国古琴演奏，那是中华文化中的瑰宝。1977年9月5日美国发射的"旅行者1号"探测器上所载的向外太空传达人类声音的金光盘上面，就录制了我国古琴大师管平湖演奏的中国古琴名曲——《流水》。

北京天安门东西两侧设有太庙和社稷坛，那是旧时皇帝举行仪式祭祀祖先和祭祀谷神及土地的地方。另外，在北京城的南北东西四个方位建有天坛、地坛、日坛和月坛，这些地方曾经是皇帝率领百官祭拜天、地、日、月的神圣场所。这些仪式活动说明，我们中国人自古就认为自己是自然的组成部分，因而崇信自然、融入自然，与自然和谐相处。

如今民间仍保存的奉祀关公和妈祖的习俗，则体现了中国人崇尚仁义礼智信、进行自我道德教育的意愿，表达了祈望平安顺达和扶危救困的诉求。

小读者们，你们养过蚕宝宝吗？原产于中国的蚕，真称得上伟大的小生物。蚕宝宝的一生从芝麻粒儿大小的蚕卵算起，中间经历蚁蚕、蚕宝宝、结茧吐丝等过程，到破茧成蛾结束，总共四十余天，却能为我们贡献约一千米长的蚕丝。我国历史悠久的养蚕、丝绸织绣技术自西汉"丝绸之路"诞生那天起就成为东方文明的传播者和象征，为促进人类文明的发展做出了不可磨灭的贡献！

小读者们，你们到过烧造瓷器的窑口，见过工匠师傅们拉坯、上釉、烧窑吗？中国是瓷器的故乡，我们的陶瓷技艺同样为人类文明的发展做出了巨大贡献！中国的英文国名"China"，就是由英文"china"（瓷器）一词转义而来的。

中国的历法、二十四节气、珠算、中医知识体系，都是中华民族传统文化宝库中的珍品。

让我们深感骄傲的中国传统民俗文化博大精深、丰富多彩，课本中的内容是难以囊括的。每向这个领域多迈进一步，你们对历史的认知、对人生的感悟、对生活的热爱与奋斗就会更进一分。

作为中国人，无论你身在何处，那与生俱来的充满民族文化DNA的血液将伴随你的一生，乡音难改，乡情难忘，乡愁恒久。这是你的根，这是你的魂，这种民族文化的传统体现在你身上，是你身份的标识，也是我们作为中国人彼此认同的依据，它作为一种凝聚的力量，把我们整个中华民族大家庭紧紧地联系在一起。

《记住乡愁——留给孩子们的中国民俗文化》丛书，为小读者们全面介绍了传统民俗文化的丰富内容：包括民间史诗传说故事、传统民间节日、民间信仰、礼仪习俗、民间游戏、中国古代建筑技艺、民间手工艺……

各辑的主编、各册的作者，都是相关领域的专家。他们以适合儿童的文笔，选配大量图片，简约精当地介绍每一个专题，希望小读者们读来兴趣盎然、收获颇丰。

在你们阅读的过程中，也许你们的长辈会向你们说起他们曾经的往事，讲讲他们的"乡愁"。那时，你们也许会觉得生活充满了意趣。希望这套丛书能使你们更加珍爱中国的传统民俗文化，让你们为生为中国人而自豪，长大后为中华民族的伟大复兴做出自己的贡献！

亲爱的小读者们，祝你们健康快乐！

二〇一七年十二月

目 录

源远流长：笑话的历史

| 源远流长：笑话的历史 |

提起笑话，我们再熟悉不过。网络上、电视节目里、谈话间，生活中处处充满了引人发笑、令人捧腹的笑话。有意或无意间，我们每个人都是笑话的聆听者、讲述者和传播者，感受着笑话带来的欢乐、酣畅和思索。人们通过笑话，释放了内心的压力和情绪，讽刺了人性的弱点和不良的社会风气，表达了自己的思想感情和对世界的认识。可以说，笑话在我们的社会生活中发挥着不可忽视的作用。

那么，究竟什么是笑话呢？我们可以这样定义：笑话是流传于广大民众之间的喜剧性短篇故事，也可以称为民间趣事或滑稽故事。它取材于日常生活的片段，结构短小、情节巧妙、语言辛

谈笑风生 |

辣，通过戏谑、诙谐、夸张的表现方式，叙述滑稽境遇中展开的插曲式事件，达到引人发笑的目的。

中国古代的民间笑话源远流长，早在先秦诸子散文中，就已经有记录、引用笑话的相关资料。此后，历朝历代又相继涌现出多种笑话集。在这些古代笑话集中，许多经典笑话流传下来，至今人们还在讲述，可见其影响之深远。下面，我们就顺着历史的脉络，来了解中国笑话的发展历程吧！

一、先秦时期：笑话在寓言故事中萌生

笑话的历史可以追溯到先秦时期。这一时期，中国的民间故事开始萌芽，幻想故事、写实故事、寓言故事等多种门类的民间故事已经

出现，其中以寓言故事最为耀眼。在《孟子》《庄子》《韩非子》《列子》《战国策》《吕氏春秋》等作品中记录的民间故事大部分是寓言故事，而其中又有相当数量的作品兼有寓言和笑话的特征，被称为"寓言笑话"。下面我们来看一则著名的寓言笑话：

郑人有且置履者，先自度其足，而置之其坐。至之市，而忘操之。已得履，乃曰："吾忘持度。"反归取之。及反，市罢，遂不得履。人曰："何不试之以足？"曰："宁信度，无自信也。"

（选自《韩非子》）

这个故事讲的是郑国有个人想买鞋，事先在家量好了脚的尺寸，然后把尺子放在了座位上。到了集市选好

卖鞋

鞋后，才发现忘带尺子了，于是又回家去取。等他返回时，集市已经散了，鞋也没买到。有人问他："为什么不用你的脚试一试鞋的大小呢？"他回答说："我更相信量好的尺寸，而不相信自己的脚。"这则寓言笑话嘲讽了墨守成规、教条主义、脱离实际的可笑行为。

还有许多寓言笑话都是家喻户晓、脍炙人口的名篇。诸如《孟子》中的《揠苗助长》《校人烹鱼》和《五十步笑百步》，《庄子》中的《东施效颦》《庖丁解牛》《望洋兴叹》和《井底之蛙》，《韩非子》中的《守株待兔》和《滥竽充数》，《战国策》中的《画蛇添足》《狐假虎威》《南辕北辙》和《鹬蚌相争》，《吕氏春秋》中的《掩耳盗铃》

雕塑《狐假虎威》

述自己的学术观点或政治主张，促成了寓言笑话的大繁荣。在那个时期，笑话在寓言故事中萌生，它与政治建立起密切的关系，讽喻和说理是其基本特点，显现出一种被理性所赋予的深层愉悦，笑声中蕴含着理性的精髓。

《刻舟求剑》和《割肉相啖》等。这类笑话一般以生活中的人物或拟人化的动物为主角，运用夸张、戏谑的方式，嘲讽人们在思想、行为和社会生活中的矛盾、可笑之处，最终目的在于发人深省，揭示一个深刻的道理。

先秦时期，百家争鸣，在儒家、道家、墨家、法家等各派的思想家和理论家当中，许多人借助笑话，以风趣幽默的语言，亦庄亦谐地阐

二、魏晋南北朝：笑话作为独立故事门类形成

魏晋南北朝时期我国笑话从寓言和丛残短语中分离出来，成为一种具有浓郁喜剧意识的独立故事门类，它的标志是《笑林》一书的诞生。

三国时期，魏国邯郸淳所编撰的《笑林》，是我国第一部笑话专集，影响深远，在笑话发展史上具有里程碑意义。这一时期的笑话，大

多见之于该书，其中有不少带有嘲讽愚庸意味的故事，具有较强的社会意义。书中所收录的笑话，大部分是邯郸淳本人在民间采录的，而非文人创作的，具有浓郁的民间色彩。这种民间色彩主要表现为：先秦时期的寓言化倾向、讽喻和说理的特征淡化了，取而代之的是更具生活血肉的喜剧意识和娱乐情趣，内容上以贴近民间生活、反映人际关系的情节取代了先秦诸子的荒诞想象和夸张比喻。我们来看两则《笑林》中收录的经典笑话：

不识镜

有民妻不识镜。夫市之而归，妻取照之，惊告其母曰："某又索一妇归也。"其母亦照曰："又领亲家母

来了。"

自啮鼻

甲与乙斗争，甲啮下乙鼻。官吏欲断之，甲称乙自啮落。吏曰："夫人鼻高耳口低，岂能啮之乎？"甲曰："他踏床子就啮之。"

抗肩之图

《不识镜》讲的是一对母女不知镜子为何物，她们第一次看到镜中的自己却以为是丈夫（女婿）领回了别的女人，闹出了笑话。

《自啮鼻》讲的是甲咬掉了乙的鼻子，却说是乙自己咬掉的。知县问："人的鼻子长在嘴的上面，如何能自己咬掉？"甲狡辩说："乙是踩在床上咬掉的。"这则笑话令人哭笑不得，被后世不断讲述、增饰，成了传统单口相声《糊涂知县》的原型，"踏床啮鼻"的成语也因此流传下来。

以这两则笑话为例，我们不难发现这一时期的笑话与先秦时期的寓言笑话有很大不同，它将生活中的人和事作为笑料，构思巧妙、语言活泼、生动诙谐。这两则笑话均着墨不多，三言两语便完成了笑话的讲述，最后以经过提炼的妙语收尾，抖出响亮的"包袱"，总体风格更为活脱自由。可以说，此时的笑话在内容、结构和语言等方面的特征已基本形成。

三、隋唐、宋元时期：笑话的沉淀累积阶段

在隋唐、宋元时期漫长的历史演进中，笑话与其他类型的民间故事相比，虽不甚发达，但经过长期的沉淀，也有一定程度的发展。

相较于魏晋南北朝，隋唐时期的笑话作品数量有所增加，出现了诸多辑录笑话的书籍，如《启颜录》。《启颜录》所收录的笑话数量最多，艺术成就最高，是继邯郸淳的《笑林》之后又一部

重要的笑话集，对后世笑话的发展影响深远。它不仅继承了笑话诙谐幽默的传统，更重要的是，这些笑话形象地反映了时代精神的变迁，具有较强的现实性。书中出现了一些新的笑话类型，比较有影响力的是"健忘者型"笑话和"钥匙尚在型"笑话，在后世历代的笑话集中都有辑录。

隋唐时期，佛教流传较广，当时的笑话里也随之出现了佛教的元素。敦煌本《启颜录》中涉及佛教的笑话共有十则，占总数的四分之一。这些笑话以佛经讲学、论难（辩驳和争论）或僧人的日常生活为笑料。例如，在北齐高祖的儒学会讲和国学论难这样高雅严肃的场合，身份卑微的优伶石动筒巧言善辩，几次戏谑佛门大德法师和儒学博士。再如，师父自己蘸蜜吃饼，因怕徒弟偷吃，故意把蜜说成毒药，结果徒

| 礼佛 |

弟趁他外出时把蜜和饼拿出来吃了，而且聪明地应付了师父的责难，把师父气得又跳又叫。在这类笑话中，原本身份尊贵、知识渊博的高僧、法师、儒学博士，成为处于社会底层的优伶、小徒弟戏谑和嘲弄的对象，一方面体现了当时佛教在民间的普及，另一方面反映了民众对专制王朝下宗教信仰和宗教治理的疑虑。

宋元时期的笑话，在书籍和作品的数量上均多于隋唐，是笑话进入明清时期繁荣兴旺阶段之前的准备阶段。此时较有特色的笑话集是《艾子杂说》，全名为《东坡居士艾子杂说》，相传是宋代著名诗人苏轼所撰。

《艾子杂说》与一般的笑话集不同，它是我国古代第一部以一个喜剧人物统领全书的笑话集。艾子是书中虚构的人物，为先秦齐人，是一位智慧的老者，与先秦诸子并称。全书的笑话都与艾子有关，有的故事发生在艾子身上，有的则是艾子的所见所闻。在这些笑话中，艾子时而机智、幽默、善辩，是一位正派的智者；时而愚笨、呆痴、憨傻，是一个略显贪婪的滑稽人物。艾子的人物形象被设计得如同箭垛一样，所有可笑行为和喜剧元素都集中在他一人身上，这就是民间文学中典型的"箭垛式人物"。

四、明清时期：笑话空前繁荣

明清以后，中国古代笑话进入了一个空前繁荣的时期。较之以前，这一时期的笑话可谓"量多质高"，不论在作品、专集的数量上，还是在艺术成就上，都是其他时期所难以企及的。这种局面与当时的社会背景密切相关。明清时期，随着资本主义萌芽和城市经济繁荣，市民阶层不断壮大，更富人性的主体意识增加，大众文化、通俗文学和讽刺艺术日益兴盛活跃。在这样的社会背景下，笑话也迎来了发展的黄金时期，形成了三个特点：

第一，笑话的创作、搜集和编撰空前活跃，产生了一大批笑话和笑话集，笑话作品和专集数量之多为古代任何一个时期所不及。受到民主思想的洗礼，李贽、冯梦龙、郭子章、江盈科等文人、学者在诗文创作之余，对笑话的创作、搜集和整理产生了浓厚的兴趣，编撰了一批笑话专集。如明代的《笑赞》《笑禅录》《雪涛谐史》《解愠编》《时兴笑话》《精选雅笑》《笑海千金》《时尚笑谈》，清代的《笑得好》《嘻谈录》《俏皮话》《笑林广记》《笑倒》等。

明代的冯梦龙是中国笑话史上一位举足轻重的人物。他的笑话类作品有《笑府》《广笑府》《古今谭概》《笑林》和《雅谑》。其中，《笑府》最有分量，影响力最大。书中将笑话分成十三类，可以看出笑话的对象包罗万象，其中许多都是今天社会学研究的主要内容。冯梦龙在序言中，说明了自己对笑话的看法。冯梦龙可以说是"笑话社会学"的先锋。

闲谈说笑

清代有一个人别号"游戏主人"，重新改写《笑府》，编成《笑林广记》一书。它也成为一部流传甚广、对后世影响较大的笑话集。这本书中收录数量最多的是反映社会中的人情世故、家庭生活、社会风貌等内容的世情笑话，生活气息非常浓郁，体现出清代笑话更加平民化、生活化、世俗化的时代特色。

除此之外，清代笑话集中还出现了大量的"荤笑话"，《笑林广记》中就有辑录，而其他时代的笑话集则鲜有辑录。在笑话中形成了一系列模式化人物，男性人物有丈夫、老翁、和尚、道士等，女性人物有新娘、妻子、老妪等。以他们为主人公，从独特的视角曲折地反映了当时的家庭生活、社会生活以及传统中国社会的历史文化背景。

第二，笑话艺术日臻成熟，涌现出大批诙谐幽默、脍炙人口的名篇佳作，经久不衰，后世广为流传。在明代出现的各种民间故事中，笑话数量较多，比较经典的有"我今何在型"笑话，最早见于明代《应谐录》。

一里尹管解罪僧赴戌。僧故黠，中道，夜酒里尹，致沉醉鼾睡，已取刀髡其首，改绁己索，反绁尹项而逸。凌晨，里尹寤，求僧不得，自摩其首髡，又索在项，则大诧惊曰："僧故在是，我今何在耶？"

（选自《应谐录》）

意思是说：一个和尚犯了罪，由一个衙役押解至配所。途中夜宿时，和尚故意劝酒，衙役喝得酩酊大醉。和尚趁衙役熟睡，削光了他的头发，把铁索戴在他的脖子上，逃跑了。第二天凌晨，

我今何在

衙役醒了，环顾四周没看到和尚的身影。结果一摸自己的光头，又一摸脖子上的铁索，惊诧地大叫："和尚倒是还在，可我去哪儿了？"

"我今何在型"笑话在后来的《雪涛小说》《笑赞》《笑府》《笑得好》《嘻谈录》《破涕录》等集子中均有收录，并以口头形式在山西、河北、河南、湖北、陕西、浙江等地流传至今，产生了诸多异文。

明清时期出现的经典笑话类型还有："奶奶属牛型""错死人型""难熬三年型""假银也收型""老爷糊涂型""幸不属虎型""捞鱼去型""心在哪里型""借牛自来型"等。这些笑话被后世口耳相传，颇受民众喜爱。这一时期为古代笑话和当代口传笑话的融合发展奠定了良好基础。

|戳穿空城计|

第三，除了对笑话进行搜集整理之外，文人、学者们还开始对笑话理论进行探索、构建。明清笑话集大多有序或题词，例如明代的陆灼有《艾子后语·序》，明代的赵南星有《笑赞·题词》，清代的李渔有《古今笑史·序》，清代的石成金有《笑得好·自序》等，文中都表达了编者对笑话的理解和看法。

冯梦龙在他辑录的多本笑话集的序言里，集中阐述了笑话的接受心理、笑话的本质特征和笑话的分类三方面的问题，充分表达了他对于笑话这一民间文学体裁的理性认识，形成了"冯氏理论"。

清代的陈皋谟在《笑倒》的附录中，从"笑品""笑候""笑资""笑友""笑忌"这几个方面对笑话的特质进行了阐释，可以算是古代笑话理论研究的提纲。在解释"笑资"时，他列举了"乡下人着新衣进城拜年""听醉语""学官话""哑子比手势""和尚发怒""口吃人相骂""痴人听因果垂泪""胡子饮食不便利"等致笑元素。

我国古代笑话理论略显薄弱，而这一时期的理论探索显得尤为珍贵，对笑话的研究起到重要作用。

五、近代以来：学科体系下笑话发展成熟

20世纪初，在倡导理性、科学、民主的"改良运动"中，北京大学发起了"歌谣运动"，动员北大校内外师生、全国文艺爱好者搜集、

记录民间歌谣，这被看作是中国民间文学的开端。在搜集歌谣的过程中，人们还发现了神话、传说、谜语、谚语等多种类型的民间文学，笑话也是其中一类。

《徐文长的故事》《呆女婿的故事》《巧媳妇的故事》《民间趣事》《民间趣事全集》《巧女与呆娘的故事》，此类图书出版了不少，其中收录的多是民间流传的

|巧媳妇|

笑话。同时，鲁迅、周作人、赵景深等一些文人、学者也对笑话做了一定的理论探讨。周作人在《苦茶庵笑话选》的序文中对笑话的历史做了回顾，并对笑话的内容和性质进行了阐释。赵景深在《中国笑话提要》一文中，借鉴西方人类学理论，对中国古代近二十本笑话作品做了详细介绍，并对同一则笑话的不同版本进行比较和考证。另外，提到古代笑话，不得不提的是王利器编写的《历代笑话集》和《历代笑话集续编》，此书搜罗宏富，辑录了中国古代笑话的代表作品和众多重要线索，为后人提供了丰富的古代笑话资料。

20世纪50年代，一些学者开始关注我国各民族机

智人物的故事，这股热潮一直持续到 80 年代仍未见减退。这些机智人物有：维吾尔族的阿凡提、蒙古族的巴拉根仓、藏族的阿古登巴、苗族的谎江山、纳西族的阿一旦等，他们有的机智善辩，有的勇敢善良，故事中的人物个性鲜明，部分情节令人捧腹。在《少数民族机智人物故事选》一书中，收录了多个少数民族机智人物故事，可算是相关调查研究的巨大进步。许多学者把以阿凡提为代表的机智人物看作是广大劳动人民中代表正义和富有智慧的典型，把故事中的笑话看成是对封建制度的揭露，对贪污掠夺的鞭挞，对劳动人民的歌颂和对迷信无知的人的善意劝诫，让人在捧腹之中悟出一些人生的哲理。

20世纪末至今，在新的时代背景下，笑话也紧跟时代步伐，呈现出新的生机。内容上，笑话从体现传统社会生活和人们的传统思维方式，转变为反映人们的日常生活和当下的社会问题，笑话中主人公的身份也由长工和地主、平民和县官、文盲和书生之类的传统人物，转变为打工者、商人、学生、教师、干部等。笑话的传播形态也发生了变化，除了过去的口耳相传和流传下来的笑话集等文本资料外，还可以借助电视、互联网、社交软件、文化创意产品等多种途径传播。学者针对笑话的研究也有了新的趋向，例如更多地关注笑话与人们日常生活的关系，笑话如何参与地方的文化建设，网络笑话的特征和传播等问题，反映出笑话的社会功能与现实意义。

语言漫画：笑话的特征

| 语言漫画：笑话的特征 |

笑话作为一种幽默、滑稽的小故事，具有鲜明的特征，那就是对社会生活的漫画式叙述。

我们都知道，一幅好的漫画作品，只用简单的线条便能突出人物的特点和事件的矛盾，生动地塑造人物、描绘生活、讽喻时事、传递喜剧精神。

笑话的叙述方式与漫画极为相似，它能敏锐地抓住散存于社会生活中违反常规、不合逻辑的矛盾现象，用三言两语交代出背景信息，然后用一两句话抖出笑料，以此完成一则笑话的讲述。这种漫画式的叙述，看似简单、平常，却能巧妙、犀利地抓住并放大矛盾，三笔两抹间就勾勒出了鲜活的社会百态。因此，我们可以把笑话形象地称为"语言漫画"。

一、矛盾

通常，笑话以日常生活为题材，展现出一幅幅真实的生活场景。但是，在讲述这些平常的事物时，必须打破生活常规，打破惯有的逻辑，才能出其不意、引人发笑。因此，那些不符合生活常规、违背常理的矛盾现象，就是笑话的首要特征。

传统西方美学认为，笑话作为一种喜剧形式，根源于对"丑"的表达。因为不论是在荷马笔下，还是在西方的狂欢节中，滑稽人物的形象都是丑陋的。他们可能有跛脚、红脸、秃头等身体特征，也可能行为怪诞、与众不同，容易引人发笑。美学家们所说的"丑"，并不单指外表的丑陋，而是蕴含着乖谬、不协调、不合常规

| 小丑 |

等深层含义。笑话引人发笑的原因，就在于揭示了丑的事物，也就是违背日常习惯和传统逻辑的事物。

流传于世界各地的"笨人笑话"，像哥谭笑话、海乌姆犹太人笑话、关于波兰人的笑话、越南的北宁笑话、中国的山西万荣笑话，其中很多讲述的都是"笨人"和发生在他们身上不合常理的荒唐故事。下面，我们通过几则"笨人笑话"来说明这一问题。

周五，一个海乌姆的犹太人买了一条鱼，为安息日做准备。他把这条活鱼放在外套里，结果鱼拼命挣扎，鱼尾巴打在了他的脸上。于是，他把这条鱼告上了法庭，海乌姆法庭判处这条鱼接受"溺水而死"的惩罚。

笑话中犹太人的做法、法庭的判决，显然不合常理，荒唐可笑。

我国的国家级非物质文化遗产万荣笑话中，也有大量违背常识和常理的事。

摇扇子

夏日炎炎，一个万荣人正在扇扇子，可他想了想，怕总是扇来扇去会弄坏扇子，便把扇子插在墙上，脸对着扇子左摇右摆。

不信顶不过你

两个万荣人在独木桥上"顶"住了，他们互不相让，直到日落西山。两个人的孩子纷纷前来叫他们回家吃饭，一个人说："告诉你妈，爸爸今晚不回去了。"另一个人说："告诉你妈，爸爸这辈子都不回去了，让她改

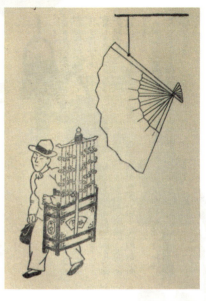

| 扇庄

嫁吧！"

这些笑话都以日常生活元素为基础，并对这些元素进行反逻辑加工，从而达到"致笑"的艺术效果。可见，笑话中蕴藏着反常规与常规之间的矛盾，通过对矛盾的揭示、激化和消解的过程来实现"笑"的结果。

我们以万荣笑话中的一则《咱把你背出去》为例，体会一下矛盾消解的过程：

有一个路人，从田地里抄小路走，走到田地中间，就被田地的主家瞅见了。

"站住！"主家飞快地跑到那人跟前，大声呵斥道："你知道这是谁的地吗？踩人家麦苗，你就不心疼吗？"

一个庄稼人，视土地和粮食为命根子，见麦苗被踩了自然生气，并没有悖常理之处。笑话以此开头，只是简短地进行了背景信息介绍，把我们带入事件发生的情景之中。

路人央求道："老师傅，我再走几步就出去了，就让我过这一回吧！"

"不行！"

面对这样的回答，一般根据我们的逻辑会猜测，田地的主家想以怎样的方式惩罚路人呢？此时，反常规与常规之间的潜在矛盾被揭示出来。

"那我退回去吧！"

"退回去？"主家瞪着眼说道，"你还想再踩一次？"

在田地主家咄咄逼人的气势下，两人之间的冲突加剧，我们进一步按常理猜测，主家或许想让路人赔麦苗钱，或许会得理不饶人，故意为难他。但不论出于何种目的，主家显然不想简单化解此事，矛盾被进一步激化。

"那你说说，叫我怎么办呢？"

主家背朝他蹲下，厉声喝道："上来！咱把你背出去！"

这绝对是一个出人意料的结局。此时，田地主家的行为彻底违反了正常的逻

辑，在矛盾消解后令人发笑。

正如段宝林所说："笑是一种对矛盾的解脱，它能带给人以极大的快感。"可见，真正引人发笑的不是笑话中的人物本身，而是矛盾消解的过程。

二、夸张

对于那些违反常规的现象，笑话总是通过夸张的手法来进一步表现和强化。夸张是一种常见的修辞手法。著名民俗学家、艺术理论家普罗普在《滑稽与笑的问题》这本书中曾讨论过"喜剧性的夸张"这一问题，他提出："讽刺作品中的夸张和极端化是普遍规律的表现，即对生活素材有意地变形的表现，这种变形有助于揭示那些应受讽刺、嘲笑的现象的最本质的弱点。"笑话作为一种典型的讽刺艺术，大量运用喜剧性夸张的手法，将其中的人物形象、性格特征、社会现象等淋漓尽致、夺人眼

酒店招牌

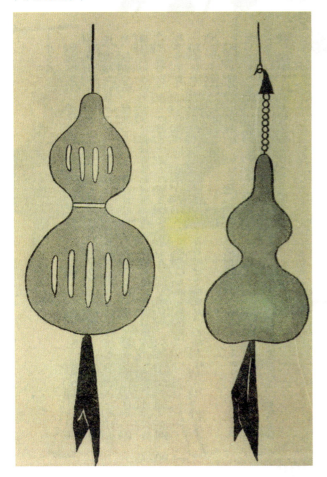

球地展现出来。

酒 酸

有上酒店而嫌其酒酸者，店人怒，吊之于梁。客过问其故，诉曰："小店酒极佳，此人说酸，可是该吊？"客曰："借我一杯尝之。"既尝毕，攒眉谓店主人曰："可放此人，吊了我吧！"

一个人路过酒店，看到店家把一个客人吊在梁上，问了原因才知道是这个客人嫌酒酸。于是此人问店家要了一杯酒，准备帮店家评理。喝下之后，他皱着眉对店家说："把这个人放了，吊我上去吧！"宁可被吊在梁上，忍受皮肉之苦，也要说出酒酸的事实，笑话的最后一句话用夸张的手法强调了酒酸的程度，比起直接说酒酸达到了更好、更强烈的艺术

效果。

再来看一则流传甚广的现代笑话：

一家笨蛋

有一家三口，一天丈夫去垒伙房，妻子去缝被子，吩咐女儿去和面做饭。

女儿和面时突然大叫起来："妈，面软了！"她妈听见就说："软了加面！"一会儿女儿又叫："妈，面硬了！"她妈听见就说："硬了加水！"一会儿女儿又叫："妈，盆里放不下了。"她妈说："放不下放到案板上。"一会儿女儿又叫："妈！案板上也放不下了。"她妈一听火了，说："你到底和了多少面，连案板上都放不下了？真没出息！要不是我把自己缝在被子里出不去，非打死你不可。"

冬节搓圆

丈夫听见娘儿俩争吵，也火了，说："你们娘儿俩真是一对笨蛋，要不是我垒墙把自己垒在里面出不去，非好好教训你们一顿不可。"

（选自《中国民间故事集成》）

根据生活经验来看，女儿、妻子、丈夫分别出现的"把面和得比案板都大""把自己缝进被子里"和"把自己垒进墙里"的情况几乎不足为信。该笑话以生活中常见的做家务这件小事为素材，运用夸张的手法，把一家三口缺乏劳动技能、笨手笨脚的样子极为生动地呈现出来，夸张的同时却又不脱离实际。

法国哲学家柏格森说："漫画家的艺术就在于捕捉住还没有被别人捕捉到的那个点，把它扩大出来让大家都能看到。"漫画总是对人或物的一个部分、一个细节进行夸张处理，比如某个人的大鼻子、大肚子、秃顶……此时，这个人的其他特点就会被遮掩或被忽视了，只有被夸张的部分引起了人们的特别注意。笑话可以说是一种语言漫画，它常常抓住人或物的某一特点予以夸张，甚至把它描写成事物的唯一，使之成为典型。

不过，一则好的笑话，对夸张手法的运用是有一定限度和分寸的。因为适度夸张会产生喜剧性效果，而过度夸张就会失去原有的效果，使听众感到不适。所以，我们看到笑话中有很多可恶、可笑的角色，有时这些角色身上也有可爱之处，像胆小鬼、马屁精、官迷、吹牛皮大王、骗子、小气鬼以及自作聪明的笨蛋、怕老婆的丈夫、老来俏的老太太、讲歪理的人等，都是对人物的消极特征进行适度夸张，从而树立起典型形象，达到理想的艺术效果。

三、出其不意

笑话运用夸张的手法，使矛盾迅速展开、激化，如同一个不断被吹起的气球，当矛盾冲突达到顶点时突然爆破，令人猝不及防，出其不意地引发人们的快感。而趁人不备、刺破气球的这根无形的针，就是笑话结尾的"妙句"。

美国学者阿瑟·阿萨·伯杰曾说："笑话是以妙句结尾的叙事。"指出了妙句对笑话的重要性。同时，他把组成笑话的每一个部分叫作"笑话素"，有了一连串的笑话素，结尾又有一句出其不意、具有创造性、幽默的妙句，于是就组成了一个笑话。如果想更加形象地表示出来，那么，笑话的结构应该是这样的：

A→B→C→D→E→F

|漫画《复古运动》|

→G→H（妙句）→I（笑声）

从A到G代表笑话的一连串笑话素。需要说明的是，由于每则笑话的长短不一，所以笑话素的数量不等，伯杰列出的从A到G七个笑话素并不是一个定数。这些笑话素层层递进，最终目的是将笑话引向结尾的妙句，给出出人意料的结尾。

我们以下面一则笑话为例，来直观地看看笑话的这种叙事结构：

一张大口

A.两人好为大言。

B.一人说："敝乡有一大人，头顶天，脚踏地。"

C.一人说："敝乡有一人更大，上嘴唇触天，下嘴唇触地。"

D.其人问曰："他身子在哪里？"

E.答曰："我只见他有一张大口。"（妙句）

G.（笑声）

这则简短的笑话讲的是两个爱说大话的人，一个人说："我的家乡有一个人长得十分高大，头能顶天，脚能踩地。"另一个人说："我的家乡有一个人更高大，上嘴唇能触天，下嘴唇能触地。"对方问："他的身子在哪里？"他回答说："我只看到他有一张大口。"巧妙含蓄地暗讽对方只会吹牛！

在这则笑话中，从A到D是四个笑话素，每个笑话素只有一句话，却层层递进地把笑话引向结尾的妙句E，当结尾的妙句一出，瞬间抖响了"包袱"，让人意外，令人捧腹，而又回味无穷，不得不赞叹金句之妙。至此，我们不难看出，前面的笑话素都是在为最后的这句话做铺垫。

从古至今，很多笑话都是凭借结尾的妙句成为经典的。

例如《笑林广记》中的名篇《借牛》，讲的是一个富翁不识字却不懂装懂，有人送来一封信向他借牛，他打开信看了看，假装看懂了，对送信的人说："知道了，少停我自来也。"一句话就把富人"强不知以为知"的形象表现得惟妙惟肖。

再如《笑林》中的笑话《复跌》讲了一个人偶然摔倒了，刚站起来，不小心又摔倒了，于是懊恼地说："早知还有一跌，不起来也罢！"此人摔倒后的反应让人实属意外。精炼简短的妙句今天在许多笑话中仍然广泛使用。

其实，妙句并不特指某一句话，而是指既出人意料，又在情理之中的结尾。一则好的笑话，不但要有巧妙的情节安排，还要有一个巧妙的结尾来画龙点睛，才能把"包袱"甩响、把人逗笑，达到好的效果。

四、寓庄于谐

一则好的笑话，要引人发笑，但又不能仅仅满足于把人逗笑。在夸张、戏谑、诙谐、幽默和各种插科打诨的语言包裹之下，人们常常赋予笑话更多的意义。我们知道，很多笑话内容粗俗、语言谐谑，尽是些俏皮话，实在与"庄重"和"严肃"搭不上边。但是，看似粗浅的内容、无心的调侃、粗俗的语言，却通过笑声揭示出背后深刻的道理。这种"寓庄于谐"的艺术表现方式，把严肃的思想内涵通过轻松诙谐的方式表现出来，是笑话的显著特征。

我们来看一则笑话：

咏　雪

秀才、县官、财主、穷人同在一座庙里避雪。

秀才看着外面的大雪，诗兴大发，对其他三个人说："如此大雪，闲着无聊，不如你我四人各题诗一首，倒

|庙外美景|

也有趣。"

县官道："每人一首，怕有人写不出，反觉扫兴，干脆一人一句。"

穷人一听连忙说："我是一个大老粗，平日里只知干活，要写诗你们写，我可不会。"

财主趁机敲竹杠说："不行，哪个不写，就罚银十两。"

于是，秀才先咏道："大雪纷纷坠地。"

县官接道："本是皇家瑞气。"

财主摇着脑袋说："下它三年何妨？"

穷人一听大怒，指着财主鼻子大骂："放你妈的狗屁！"

（选自《中国民间故事集成》）

这则笑话描写的虽然是一个作诗的风雅场合，但结尾以一句怒骂结束，显得不够"文雅"，却典型地展现了笑话寓庄于谐的艺术特征。秀才、县官、财主和穷人聚在一起，通过形象的语言、生动的对话和诙谐的诗句，惟妙惟肖地勾勒出秀才的酸腐和自视清高、县官的迷权和不作为以及财主的贪婪和趋炎附势。穷人的最后一句怒骂，看似粗鲁，却与诗的前三句合辙押韵，如神来之笔般宣泄了底层百姓的苦闷，使人不禁痛快大笑。

这则笑话中穷人的角色与其他文学作品中的老农、村妇、文盲等许多底层人物一样，体现了小人物的大众属性。他们身上往往有着痛苦与欢乐、善良与狡黠、机智与笨拙等"正反同体"的特征。他们的故事和话语，总是因为充满喜剧色彩而引人发笑，同时也会引发读者对于笑话的内容的深刻思考。

喜剧的特征就在于"庄"与"谐"的辩证统一，正是因为有了诙谐包裹下的深刻、庄严的主题思想，笑话才有了灵魂。

众生百态：笑话的内容

众生百态：笑话的内容

笑话的题材取自日常生活，包含了方方面面。在笑话里，我们可以看到大千世界中光怪陆离的社会现象、形形色色的人物和一嗔一笑的世俗人生。即便是关于政治、宗教、病痛等现实生活中被看作神圣、隐晦甚至悲惨的事情，在笑话中也毫无禁忌。可以说，笑话的内容非常广泛。

我们根据笑话所反映的不同内容，可以将其分为四种类型：社会斗争笑话、家

|看手相|

庭生活笑话、人性弱点笑话和语言幽默笑话。

一、社会斗争笑话

陈皋谟在《笑倒》中说："大地一场笑也，装鬼脸，跳猴圈，乔腔种种，丑状斑斑。"笑话正是"用笑来否定人们灵魂中的丑"的艺术，尤其是封建社会的官僚、地主、奸商、恶霸等封建势力的丑陋行径，在笑话中得到淋漓尽致的嘲弄和批判，反映出民众的社会斗争意识和集体智慧。

县官是封建社会中掌管地方事务的基层官员，本应恪尽职守、造福乡民，却出现不少贪赃枉法、昏庸无能之辈。"官场群丑"是社会斗争笑话讲述的主要内容，从中涌现出许多笑话名篇，塑造了一个个鲜活的官吏

载量过重

形象，形成了一幅生动的"县官百丑图"。

且看经典笑话《夫人属牛》：

一官寿诞，里民闻其属鼠，因而恭凑黄金铸一鼠，呈送祝寿。官见而大喜，谓众里民曰："汝等可知道我夫人生日？只在目下，千万记着：夫人是属牛的，更要厚重实惠些。但牛像肚里，切不可铸空的。"

（选自《笑得好》）

一个县官过生日，乡民听说他属鼠，便凑钱铸造了一只金鼠作为寿礼。县官见到大喜，告诉乡民他夫人的生日马上就到，让大家千万记住夫人属牛，要送一头更加厚重些的金牛才好。这则笑话最早出现于明代，是《笑府》中"奶奶属牛型"笑话

县官

的异文，讽刺了贪官利用过生日的机会向百姓敛财的行径，成为此类笑话的代表之作。

再如：

新官赴任

新任县官问及同僚为官之道，同僚回答："一年要清，

| 吟诵 |

也，因为此地有天无日头。"

除此之外，还有《五大天地》《刮地皮》《再出恭》《有理》《堂属问答》等笑话，大都讽刺了地方官吏的贪婪腐败、好逸恶劳、贪图享乐、愚蠢无知，揭示出封建社会中统治阶级和底层民众之间的深刻矛盾。

除了"官场群丑"，富人和文人也是笑话中经常予以批判的对象。

人参汤

有富贵公子，早晨出门见一穷人挑担子，卧地不起，问人曰："此人因何卧倒？"旁人答曰："这人没得饭吃，肚子饿了，倒在地上歇气的。"公子曰："既不曾吃饭，为何不吃一盏人参汤出门？也好饱得大半日。"

（选自《笑得好》）

二年半清，三年便混。"听罢，县官仰天感叹："如何能熬得到第三年！"

有天无日

县官要寻找避暑之地，同僚纷纷趋炎附势、曲意逢迎，建议去某山、某寺清闲享受，唯有一老人直言不讳，说："总不如此公厅上最凉

少爷与乞丐

《人参汤》中的富贵公子想不通一个吃不起饭、饿倒在地的穷人，为什么不喝一盏人参汤来充饥，讽刺了富贵公子"饱汉不知饿汉饥"和脱离生活实际的愚昧无知。

这类笑话几乎都是围绕金钱这一主题展开的，讥讽了富人的爱财如命、为富不仁。还有一些笑话围绕封建社会中的长工和地主而展开，集中刻画了地主的精明算计、孤寒悭吝、阴险刻薄，地主不断给长工出难题、找麻烦，长工则机智幽默、勤劳勇敢、巧妙斗争，运用智慧化解难题，大大鼓舞了劳动人民的气势和热情。代表篇目有《南风先生》《秋蝉》《半夜鸡叫》《长工捉虱子》《鱼和酥油烧饼》等。

名读书

车胤囊萤读书，孙康映雪读书。一日，康往拜胤，不遇。问何往，门者曰："外出捉萤火虫去了。"已而，胤答拜康，见康闲立庭中，问何不读书。康曰："我看今日这天不像个下雪的。"

（选自《笑府》）

囊萤映雪的故事家喻户晓，车胤和孙康则是家境贫寒、勤学苦读的典范。《名读书》借鉴典故并进行改编，讲述了车胤白天不读书，而是外出捉萤火虫，以备夜晚读书时照明，孙康悠闲地站在院内观望天气，发现今日无雪，也不能读书。这个故事揭露了所谓的文人雅士矫揉造作、名不副实的丑相。

笑话中常出现腐儒、书呆子、白字先生和考生的形象，他们迂腐、假作清高、无知、贪玩厌学的行为遭到了民众的嘲讽。

此外，社会斗争笑话还抨击了社会不良之风和丑恶现象。例如，在笑话《卖糕》中，小商贩饿得有气无力，别人问他为什么有糕不吃，他小声说："糕是馊的。"

在讽刺庸医的笑话《治驼背》中，驼背者被夹在两块板子中间，遭反复重力按压致死，医者却说："我只治驼背，哪里管人的死活。"

还有一则关于假道士的笑话《书符驱蚊》，讲的是道士自称能书符驱蚊，然而人们用了一夜不见效，道士却说："要把符贴在蚊帐上才有效。"

可以说，这类笑话是社会矛盾的集中体现，是底层

卖糕

民众进行社会斗争的武器，在笑话的艺术世界中，他们能够宣泄不满、找寻自信，获得象征性的胜利。

二、家庭生活笑话

笑话大多取材于民众的日常生活，其中很大一部分取材于家庭生活。与社会斗争笑话相比，家庭生活笑话显得温和许多，没有强烈的讽刺和批判色彩，它以家庭

"大丈夫"

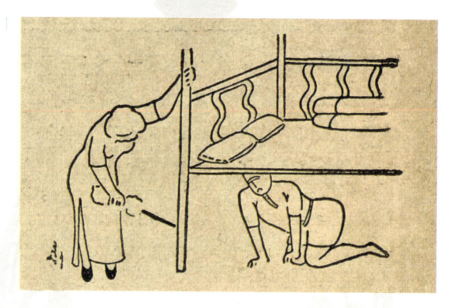

为中心表现民众的日常生活，描绘了夫与妻、父与子、公婆与儿媳、岳父岳母与女婿、兄与弟、妯与娌等家庭成员间的关系，揭示了家庭中的矛盾，同时也分享了生活中的愉悦。

夫妻是家庭的核心成员，在反映夫妻关系的笑话中，最具代表性的便是惧内笑话，围绕这一主题形成了许多世代流传的经典故事。比

如在全国多地流传的"大丈夫型"笑话。

惧内避打

一人被妻打，无奈躲床下。妻呼曰："快快出来！"夫答曰："男子汉大丈夫，说不出来，定不出来！"

（选自《笑赞》）

这个"男子汉大丈夫"明明极怕老婆，因避打而躲入床下，却还要讲面子，口出壮语："说不出来，定不

出来！"在笑话中，许多怕老婆的丈夫，都是言行气壮如牛，行动胆小如鼠，十分滑稽。

例如，笑话《掇马桶》讲了两个怕老婆的人身上发生的故事。

乙向甲诉苦："我老婆做事极狠，晚上也要我掇马桶。"甲振臂一挥说："这个忒难。要是我——"话没落音，甲妻子在背后大声喝道："要是你，便怎么？"甲赶紧跪下说："要是我，就掇了。"

这是常见的"假如是我型"笑话，并形成了诸多版本。

葡萄架倒

有一个怕老婆的官吏，被妻子抓破了脸，第二天见到太守，谎称是晚上乘凉时，葡萄架倒下划破了脸。太守不信，说："一定是你妻子抓破的，快派人把她抓来！"话音未落，太守妻子便冲出堂外，要找太守算账，太守慌忙对官吏说："你且暂退，我内衙葡萄架也要倒了。"

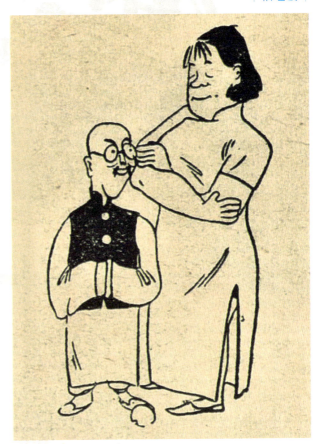

怕老婆

45

写字

后来，"葡萄架倒"便成为民间怕老婆的一种说法。

妇女在家庭生活中多承担着操持家务、教育子女、照顾老人等家庭重任，惧内笑话是对现实的真实反映，也是对封建礼法中男尊女卑、三从四德的伦理秩序反抗呼声的间接表达。

中国封建社会是以父系家族为主导的，以父宗为重。反映父、子、孙三代的关系也是笑话的常见主题，其内容大多与教育有关。

来看下面这则嘲讽富裕家庭中的父亲忽视教育、儿子自作聪明的笑话：

训 子

一富翁子不识字，人劝以延师训子。师至，始训之执笔临朱。书一画，则训曰"一"字；二画，则训曰"二"字；三画，则训曰"三"字。其子便欣然投笔，告父曰："儿已都晓字义，何烦师为？"乃谢去之。逾时，父欲招万姓者饮，令子晨起治状。久之不成，父趣之。其子恚曰："姓亦多矣，奈何偏姓万？自朝至今，才完得五百余画。"

（选自《贤奕编》）

这则笑话的意思是说：有一个富翁不识字，他接受别人劝诫，给儿子请了一位老师。当老师教会儿子一到三的写法之后，儿子高兴地扔下笔，跑去告诉父亲："我已经通晓字义，为何还要请老师来教我呢？"于是辞去老师，不再学习。一天，父亲要请一位姓万的朋友饮酒，就让儿子写一封请柬。许久未成，父亲打趣儿子不会写。儿子愤愤地说："天下的姓氏那么多，为何这人偏偏姓万？从早上到现在，我才写完五百多画！"这则笑话令人哭笑不得。

还有描写在父、子、孙三代之间发生的故事：

艾子有孙

艾子有孙，年十许，慵劣不学，每加榎楚而不悛。其父仅有是儿，恒恐儿之不胜杖而死也，责必涕泣以请。艾子怒曰："吾为若教子不善邪？"杖之愈峻。其子无如之何。一旦，雪作，孙抟雪而嬉，艾子见之，褫其衣，使跪雪中，寒战之色可掬。其子不复敢言，亦脱其衣跪

教子

其旁。艾子惊问曰："汝儿有罪，应受此罚，汝何与焉？"其子泣曰："汝冻吾儿，吾亦冻汝儿。"艾子笑而释之。

（选自《艾子后语》）

艾子的孙子十多岁，顽劣不逊，用木条责打也不知悔改。其子怕儿子被打死，声泪俱下地为其求情，艾子生气地说："我替你教育儿子难道不好吗？"于是打得更厉害。一天下雪了，孙子团雪球乱扔，艾子看到后命孙子脱了衣服跪在雪中，孙子冻得瑟瑟发抖。其子不敢再求情，也脱了衣服跪在旁边。艾子惊讶地问："你儿子犯错，应当受罚，你为何也要这样呢？"其子哭着说："你冻我儿子，我也冻你儿子！"

这则笑话在不少地方均有流传，如安徽一带民众讲述的《冻死你儿子》，内容基本相同；山西万荣也有《你晒我儿子，我也晒你儿子》的笑话，虽然故事发生在炎炎夏日，但保留了核心情节，它们都反映了教育子女过程中严厉与溺爱之间的矛盾冲突。

还有许多以公婆和儿媳、岳父岳母和女婿之间的故事为主题，反映姻亲关系的笑话，其中尤为典型的是"呆女婿"笑话。艾伯华在《中国民间故事类型》中将"呆女婿"笑话分为六种类型，每种类型下又分为很多亚型。数量众多，内容多样，可见民众对"呆女婿"笑话的喜爱。

不打官司

徽州人连年打官司，甚

是怨恨。除夕父子三人议曰："明日新年，要各说一句吉利话，保佑来年行好运，不惹官司，何如？"儿曰："父先说。"父曰："今年好。"长子曰："晦气少。"次子曰："不得打官司。"共三句十一字，写一长条贴中堂，令人念诵，以取吉利。清早女婿来拜年，见帖分为两句，上五下六，念云："今年好晦气，少不得打官司。"

（选自《笑得好》）

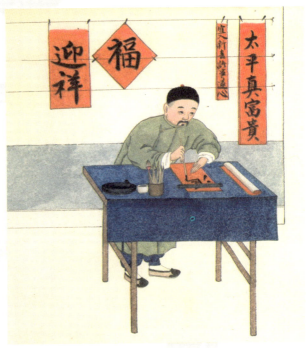

写对联

这则笑话是"呆女婿"笑话的常见结构，即在祝寿、拜年、吊丧等场合下，"呆女婿"总是违反传统礼数，说些不吉利的话，做些不应景的事。

比如在一则笑话中，"呆女婿"给岳父母祝寿时吟诗："岳父岳母圆又圆，死了一个去半边。花圈锣鼓真热闹，埋到土里看不见。"在《三女婿拜寿》中，有两个女婿分别是富人和官员，在吟诗作对时，"呆女婿"总是用学来的话歪打正着地将他们奚落一番。这些笑话与怕老婆笑话、父子笑话一样，都是对生活经验的艺术化呈现，体现了民众对家庭伦理观念和社会道德秩序的抗争。

三、人性弱点笑话

人性弱点是普遍存在于人类性格、思想和认识中的缺点，是人们长期养成、根深蒂固的不良习性，如自私、吝啬、贪婪、懒惰、虚荣、愚蠢、执拗、鲁莽、嫉妒等，在日常生活和人际交往中经常会显露出来。与社会斗争笑话所批判的阶级压迫和制度性缺点不同，这类笑话将各种人性的弱点予以夸张和放大，甚至呈现出一种不可思议、超越现实的荒谬。这既是对他人的批评，也是对自我的反思，从而在笑声中实现了主题的升华。

贪婪、吝啬都是人性的弱点，深受文人的"青睐"，欧洲文学经典中塑造了泼留

希金、夏洛克、阿巴贡和葛朗台这"四大吝啬鬼"，极为深刻地揭示了人性的黑暗。作为一种喜剧文学，笑话中也有大量讽刺贪婪、吝啬者的内容：

死后不赊

一乡人，极吝致富，病剧迁延不绝气，哀告妻子曰："我一生苦心贪吝，断绝六亲，今得富足，死后可剥皮卖与皮匠，割肉卖与屠夫，刮骨卖与漆店。"必欲妻子听从，然后绝气。既死半日，复苏，嘱妻子曰："当今世情浅薄，切不可赊与他。"

（选自《解愠编》）

这是"死到临头还贪财型"笑话，讲述了一个富人苦心贪吝，断绝六亲，将死之时还不忘嘱咐妻子在自己死后，将皮、肉、骨变卖换钱，

漫画《盖棺以后》

气绝半日还醒过来叮嘱妻子切记不能赊账，用夸张的方式揭示了其舍命求财、极度吝啬的性格特征，极具讽刺意味。

同类笑话如《射虎》《一钱莫救》等讲的都是守财奴在生死关头还贪恋钱财、要钱不要命的故事，是贪婪吝啬的极端表现。还有许多描写吝啬鬼的笑话，比如"吝啬老头不吃好饭型"笑话中的老人或富翁，家境殷实，却聚敛无厌，自己恶衣蔬食，对待他人也刻薄小气，闹出了不少笑话。在一则"虚拟的好菜型"笑话中，吝啬鬼剪了两条纸鱼去拜师，师父不在家，师母收下礼物，双手比画了个圆圈表示请他吃饼，结果师父回来批评老婆说："你也太大手大脚了，

用一只手比画个小饼就足够打发他了。"这则笑话把小气夸大到极点。

与贪婪吝啬相伴的是自私自利的人性弱点。在人际交往中，人总是存在利己的私心，有时甚至会因此而引发尖锐的矛盾，各地流传的关于兄弟分家的故事就是典型的例证。不少笑话表现了类似的主题。

《兄弟买靴》里兄弟二人合买了一双靴子，哥哥天天穿着它四处拜访，弟弟不甘心，便每天晚上等哥哥睡觉后穿上靴子，在夜里深一脚浅一脚地乱走，很快就把靴子穿坏了。哥哥和弟弟商量再买一双新靴子，弟弟连忙拒绝说："不了，合买靴子太累了，耽误我晚上睡觉。"生动幽默地反映了即

| 鞋庄的幌子 |

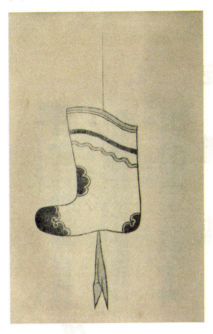

使在家庭成员之间也难以避免的自私利己心理。

朋友、邻里间也是如此，《借斧子》中的一家人叫孩子向邻居借斧子，邻居猜他家一定是要用斧子来刨树根，谎称斧子已被亲戚借走了。这家主人听后破口大骂："连个斧子也舍不得借，真小气，你以为没有你家斧子就劈不了柴了？"于是找到钥匙，打开箱子，咬咬牙说："这回只好拿出咱家的斧子用了！"两家人互不关照、自私自利的行为成了笑话批判的对象。

勤劳是中华民族的传统美德，那些好吃懒做、游手好闲之徒便成为笑话的批判对象。很多人熟知的笑话《懒妇》，讲述了一个衣来伸手、饭来张口的妇人，丈夫要出门远行，五天后才能返回，于是便烙了一张大饼套在她的脖子上才放心出门。谁知丈夫回来之后，妇人已饿死三日，原来是因为她太懒了，只吃了嘴能够着的一块饼，其余的地方纹丝未动。这则笑话将懒惰刻画到极致。

鲁迅曾写过《说"面子"》一文，剖析了中国人爱面子

对看

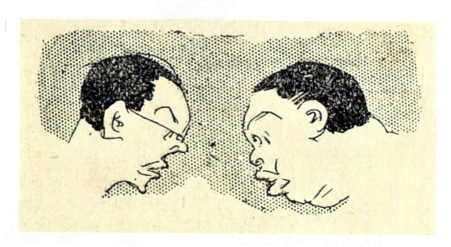

的特点，一些笑话对这一通病进行了批评。

在《南人吃酪酥》中，一个南方人到了京城，在宴会上见到酪酥，不知是什么东西，却因爱面子不懂装懂，勉强食之，回去后便呕吐不止，可谓自讨苦吃。

《吹牛》中的财主，为了显摆自己大方阔气，跟别人吹牛说，儿子结婚连摆了三天的宴席，每张桌子都是一丈二的桌面，上面摆上七十二道菜、六尺长的筷子，

客人们"你夹他吃，他夹你吃"。这显然是财主由于爱面子在吹牛。

还有的笑话揭露了一些人的性格缺陷。如《对看》中的父子性情刚烈执拗，向来不肯让人。一天儿子出城门买肉，恰好遇到一人迎面而来，两人互不相让，僵持许久。父亲找到儿子，见此情景，说："你快拿着肉回去，我在这儿和他对看。"实在令人哭笑不得。

笑话的批评之声指向了

人性的弱点，虽然也有讽刺的意味，但并非对人的全面否定，而持一种自我调侃、自我批评的态度，是一种充满善意的嘲讽和劝诫。

四、语言幽默笑话

民间笑话中还有许多通过巧妙机智的语言"致笑"的短小故事。这些故事一般发生于特定的场景中，故事中的人物总是打破语言常规，积极利用谐音、双关、歧义、反转等语言的变异艺术，造成乖谬、不和谐的矛盾，充分激发听众的联想和想象，从而达到引人发笑的目的。

及　第

一仆随主人应试，巾箱偶坠，呼曰："头巾落地矣。"主人曰："落地（第）非佳话，宜呼为及地（第）。"仆领之。

既拴好，因复曰："今后再不及地（第）了。"

（选自《笑府》）

"落地"和"落第"、"及地"与"及第"虽然语音相谐，但意义却相差甚远。仆人不懂一语双关，误将"落地"和"及地"用在不合时

对话

宜的语境中，表达出了主人考试落选的潜在含义。这则笑话正是利用语音的谐音双关，使某一词语"言此"而"意彼"，表达出一种令人啼笑皆非的"弦外之音"。

许多笑话都是由于词语的误读、误用而造成的，来看一则万荣笑话：

有一个人去理发，看到理发店挂着"暂停营业"的牌子，心想："怎么理发店还盘点？下次再来吧。"第二次去理发，正赶上关门了。他气哼哼地说："我就不信了，顶着猪头还寻不着庙门！"第三次，排队的人特别多，理发员让自己亲戚插队先理，他火冒三丈地冲理发员大喊："一样的儿子，你怎么两样看待了！"

望文生义、俗语乱用，骂人不成反倒把自己给骂了，确实可笑。这类笑话中还有两者相互打趣、调侃和戏谑的内容，一般发生在亲友或熟人之间，一人拿另一人开玩笑，或双方打嘴官司，彼此都不觉得这是一种攻击和侵犯，反而乐在其中。

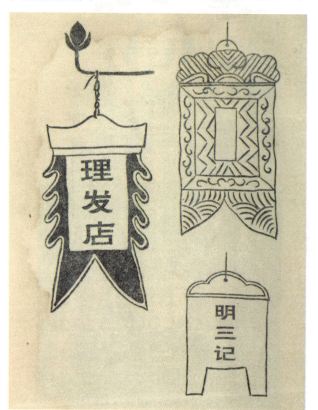

理发店招牌

占便宜

一人抱儿子在门外闲立，旁有一人戏之曰："可见父子骨血，真是一脉，只看你这儿子的面貌与我的面貌就是一般无二。"抱子者答曰："你与这儿子原是一母生出来的弟兄，这面貌怎么不是一样的？"

（选自《笑得好》）

我国古代笑话集中辑录了不少这类笑话，想拿别人开玩笑，反倒被别人戏弄了，不过双方一般不会记仇，而是哈哈一笑化解此事。事实上，最精彩的笑话不在书中，而在于动态的生活中，尤其是在对话中。我国一些知名的民间故事家都有自创笑话打趣别人的故事，生活中还有一些并不知名的笑话高手，他们总是能根据对方

祈福祭灶

的特点，即兴编出笑话来调侃一番。

在我国著名的笑话之乡万荣就有这样的笑话高手。有一位老汉，他身边常常围满了听笑话的人。一次，有一个人特地来看他，想让老

汉讲一个笑话来听。老汉说："能行。"然后老汉递给那个人一根烟，那个人摆摆手说："我不吸烟。"老汉便自己点上烟，边抽烟边讲开了：

除夕晚上，有一家人供奉神灵，在小院里放一张长桌，桌上放一碟子好糖、一块好肉、一盒好烟。

敬完神，妈妈跟儿子说："你赶紧把东西拿回来。"儿子喜欢吃糖，先把糖端了回来，知道爸爸爱抽烟，又把烟端了回来，最后准备去端肉，结果家里的狗把肉给吃了！

妈妈生气地说："你这娃，倒是先把肉端回来呀！"儿子说："端啥不一样？不都是往回端！"妈妈说："你把这肉和糖先端回来，烟放在外面不要紧！""怎么不要紧？"妈妈说："这你还不知道？狗不吸烟嘛！"

听到这儿，那个人才恍然大悟，原来老汉在调侃自己，不禁哈哈大笑起来。这类笑话没有深层的思想内涵，也不一定有鲜明的讽喻色彩，大多是语言游戏，只是为了开玩笑，不仅达到了令人轻松愉悦的目的，还增加了生活的情趣。

嬉笑怒骂：笑话的功能

┃嬉笑怒骂：笑话的功能┃

笑话的魅力不仅在于包罗万象的内容和别具一格的表现形式，还在于它与民众的紧密联系以及在现实社会中发挥的多种实用功能。在此我们将笑话的功能归纳为四种：讽刺、教育、社交和娱乐。

一、讽刺

作家张天翼在《什么是幽默》一文中说过："当热烈的谩骂、严正的批评都不能用时，幽默先生便忙起来了。"鲁迅也曾把民间笑话比作"投枪"和"匕首"，说它是民间文学中的"轻骑兵"，能使"最高傲的绅士

无地自容"。法律到达不了的地方，笑话讽刺的鞭子可以到达。可见，笑话可谓一剂"猛药"，可治"沉疴痼疾"，具有针砭时弊、讽刺批判的社会功能。

自古以来，笑话作为底层民众揭露和反抗的武器，对政治腐败、社会丑恶、人性弱点、陈规陋俗进行了无情的讽刺和批判。在古代的底层民众之中，有较为特殊的人群，比如俳优，他们从事笑话的讲述和表演工作，供权贵取乐。俳优的语言丰富多彩、变化多端，构成浓郁的喜剧风格。俳优"善为笑言""另人主和悦"，核

心目的是使人发笑。为了使他们尽情表演，统治者赋予他们更多的言论自由，因而出现了许多俳优利用笑话来讽谏君王大臣的事例。

司马迁在《史记·滑稽列传》中就记载了优孟讽楚王纳谏的故事：楚王要用大夫之礼来厚葬爱马，大臣们纷纷反对。楚王非常生气，

下令谁再反对此事就杀了谁，此后无人再敢提及。此时，优孟却进宫仰天痛哭，问其原因，他说："用大夫之礼葬马太过简陋，应当用帝王之礼，这样各国诸侯就都知道大王贱人而贵马了！"楚王闻言幡然醒悟，改用六畜之礼葬马。除此之外，史书中还记载了不少类似的故事，可见这些亦庄亦谐的笑话实则讲述了深刻的道理。

进一步来看，这些蕴含着讽刺意味的笑话，是与官方意识形态相对抗的"民间话语"，具有冲破、颠覆统治阶级"霸权话语"的力量，颇具西方文艺学家巴赫金所论述的"狂欢化"意味。"狂欢化的渊源，就是狂欢节本身。""狂欢化"是指一切狂欢节式的庆贺、仪式、形式在文学体裁中的转化与渗透。在西方的狂欢节中，人们用诙谐、滑稽的方式打破现实生活中的等级秩序和特权，尽情嘲弄世俗权贵，获得精神上的满足和愉悦。某种程度上，民间笑话也具备狂欢精神，它通过深刻的批判，产生颠覆、打破社会等级秩序的政治寓意和文化功能，彰显了平民百姓的自由意志，表达了他们的批判之声。

二、教育

石成金在《笑得好》自序中说："人以笑话为笑，我以笑话醒人，虽然游戏三昧，可称度世金针……予乃著笑话书一部，评列警醒，令读者凡有过愆偏私，蒙昧贪痴之种种，闻予之笑，悉

皆惭愧悔改，俱得成善良之好人矣。"大概意思是说，笑话具有警醒世人的作用，他编撰笑话书的目的在于警

醒世人，希望读者能借笑话反省自身，改正"过恣偏私，蒙昧贪痴"的弱点，从而变成善良的好人。这段文字指明了笑话对于广大民众的自我教育功能。

事实上，笑话不仅集中批评了贪婪、吝啬、自私、愚昧等人性弱点，还展示了机智、幽默、富有正义感和反抗精神的积极思想和行为。在这类笑话中，通常存在反、正两个人物形象，如地主与长工、县官与农民、文人与白丁、城里人与乡下人、富人和穷人等，在双方带有喜剧性的戏谑和斗争中，弱势一方总是能够凭借自己的机智、善辩取得胜利。笑话中的主人公在不同场合所表现出来的聪明智慧，都是广大民众在现实的劳动生

| 都市与乡村 |

产、人际交往、家庭生活中积累起来的，是民众智慧的再现和升华。这些笑话代代传承，留给后世的是宝贵的精神财富。

讲故事是最为古老的一种教育方式，也是"人们理解自我生活和经历的一种方式，我们一直在故事中游弋"。还记得儿时躺在母亲怀中聆听的童话和寓言故事，那是我们认识世界的最初启蒙。

笑话是一种幻想与现实并存的故事类型，从某种程度上说，它也是保存、分享我们中华民族的智慧和传统文化的重要载体。它贴近生活、易于理解、道理深刻、富有趣味，不仅适用于儿童的益智教育，也适用于成人的自我反思。至今，笑话的讲述、表演仍然在人们的生活中发挥着潜移默化的教育作用。在笑声中，孩子懂得了什么是愚蠢与智慧，什么是善良与邪恶，受到了思想的启迪和教益；成年人领悟了人性的美与丑，了解自身的缺点，实现了心灵的净化和升华。

三、社交

民间笑话还是一门人们社交活动中的交际艺术，发挥着化解误会、融洽关系的重要作用。美国喜剧演员迪克·格雷戈里在自传中，讲述了自己通过讲笑话改变了人际关系的经历：

我在附近的街区中总是受捉弄……我猜想那时我才开始学会幽默，了解笑话的力量……

最初，当其他的孩子笑

话我时，我都要疯了，想跑回家哭上一场。后来，我也忘了自己到底是什么时候开始想明白了。那些孩子总归是要取笑的，但是假如我能让他们和我一起笑，而不是笑我，我就能让那些孩子从我的背上下来，和我平起平坐。所以我应该做好谈论自己的准备……

在那些孩子开始之前，我要率先、快速地把他们的笑话击破，这样他们就没有时间准备，然后骑到我脖子上来……

他们开始走过来，听我说话。此后，他们一看见我来了，就成了听众围着我……

滑稽表演

之后，一切都变了。那些孩子开始期待着从我这里听到有趣的事情，不久，我就可以想说什么就说什么。我被大家称为"滑稽有趣的人"。

从一个"受捉弄者"到被大家称为"滑稽有趣的人"，格雷戈里通过自嘲式的笑话表演，化解了个人窘境，同时改变了人际关系，重塑了个人形象。

可见，笑是最亲切、友好的"表情"，在人际交往中恰当地讲述笑话，有助于消除沉闷情绪、拉近距离，使工作和生活变得更加和谐融洽。

四、娱乐

作为一种民众喜闻乐见的喜剧艺术，引人发笑是笑话的直接目的，排遣愁绪、娱乐心情是笑话的第一功能。

《笑林广记》序言中写道："世有同我以讥刺劝讽有关名教者，非余之知音也；世有谓我以嬉笑怒骂皆成文章者，则余之知己也。"表达了作者辑录笑话以排忧解郁、娱乐心情的想法。

过去，处于社会底层的民众生活艰苦、单调且劳作繁重，缺乏宣泄情绪的方式和娱乐、放松的途径，"笑"是他们用来排解压力、调节情绪的一剂良药。可见，讲笑话并不是脱离实际的一项艺术活动，也并非有意为之的讽刺和教育行为，而是民众对日常生活实践的总结。它经常发生于闲谈、宴饮、社交之时，甚至劳动、手工制作之中，是生活的一个片段。

乡间流行的笑话剧表演和融入笑话元素的戏剧表演受到人们的欢迎。表演时舞台下坐着各个年龄层的观众，大家都在津津有味地观看。老人或许从演员的表演联想到小时候听过的传统笑话段子，年轻人或许能领悟到笑话中影射的现实生活中的问题，孩子们或许对演员

鲜艳的服装、夸张的动作颇
为好奇，不论欣赏和品评的
角度源自哪里，每个人都面
带笑容，感到饶有趣味。此
时，身体的劳累和负面情绪
都随着笑声而缓解、释放，
单调的生活因为笑话而增
添了欢乐和情趣。

| 结语 |

冯梦龙在《笑府》序言中写道:"古今世界一大笑府,我与若皆在其中供人话柄,不话不成人,不笑不成话,不笑不话不成世界。"在社会生活中,可笑之事随处皆有,民众既是笑料的提供者,也是笑话的创造者。在日常生活中捕捉喜剧因素,即便是普通人也能像喜剧大师一般艺术化地关心社会、反映生活和表达情感。

作为讽刺和教育的一种手段,笑话中透露出创作者敏锐的洞察力和强烈的责任感,能帮助人们反思人性的弱点和道德的缺失;作为娱乐方式,笑话能为人们缓解压力,使生活充满乐趣;作为交际手段,笑话不仅有传递信息的功用,还有助于建立起人与人之间的和谐关系,为生活和工作带来便利;作为情感表达的方式,一些笑话中包含着乐观的人生态度,可以使人们更好地认识自我、感悟生活。

请记住亚里士多德的名言:"生活中有一种东西是不可或缺的,那就是安排休息与玩笑的时间。"希望人们能在笑话的世界中感悟生活、收获快乐!

图书在版编目（CIP）数据

民间笑话 / 王旭，李强编著 ；杨利慧本辑主编. --
哈尔滨 ：黑龙江少年儿童出版社，2020.9（2021.8 重印）
　　（记住乡愁 ：留给孩子们的中国民俗文化 / 刘魁立
主编. 第六辑，口头传统辑. 二）
　　ISBN 978-7-5319-6517-6

　　Ⅰ．①民… Ⅱ．①王… ②李… ③杨… Ⅲ．①笑话－
作品集－中国 Ⅳ．①I277.8

中国版本图书馆CIP数据核字(2020)第172718号

记住乡愁——留给孩子们的中国民俗文化　　　　刘魁立◎主编

第六辑 口头传统辑（二）　　　　　　　　　　杨利慧◎本辑主编

民间笑话 MINJIAN XIAOHUA　　　　　　　　　王 旭 李 强◎编著

出 版 人：商 亮
项目策划：张立新 刘伟波
项目统筹：华 汉
责任编辑：刘 嘉
整体设计：文思天纵
责任印制：李 妍 王 刚
出版发行：黑龙江少年儿童出版社
　　　　　（黑龙江省哈尔滨市南岗区宜庆小区8号楼 150090）
网　　址：www.1sbook.com.cn
经　　销：全国新华书店
印　　装：北京一鑫印务有限责任公司
开　　本：787 mm×1092 mm 1/16
印　　张：5
字　　数：50千
书　　号：ISBN 978-7-5319-6517-6
版　　次：2020年9月第1版
印　　次：2021年8月第2次印刷
定　　价：35.00元